Étrennes

DE

FAMILLE.

Chez les Marchands de Nouveautés.

1824.

ÉTRENNES

DE

FAMILLE.

~~~~~~

Une Mère de Famille

A SES ENFANTS ET PETITS-ENFANTS,

RÉUNIS POUR SA FÊTE.

Air : *Vous me plaignez, ma tendre amie.*

Amitié, respect et tendresse
Sont réunis autour de moi :
Jour heureux, moments pleins d'ivresse,
Que de délices je vous dois !
Ah! que la fortune inhumaine
A ce prix me fasse souffrir !
Je n'aurai jamais tant de peine
Qu'en ce moment j'ai de plaisir !

1*
~~~~~~

O toi, fruit d'un hymen prospère,
Cher enfant, qui fais mon bonheur,
Viens; qu'entre mes bras je te serre,
Que je te presse sur mon cœur!
Ah! que la fortune inhumaine, etc.

Couplets

CHANTÉS PAR LE FRÈRE ET LA SOEUR,

EN OFFRANT UN BOUQUET A LEUR PÈRE.

AIR : *Il faut des époux assortis.*

LA SOEUR.

Pour former un bouquet, il faut
Des fleurs connaître l'assemblage;
Point de souci ni de pavot,
Tous deux sont d'un triste présage.
Rose, œillet, lis, aimable fleur!
Pensée, humble à la fois et belle,
Pour exprimer ma vive ardeur,
Je vous unis à l'immortelle. (Bis.)

LE FRÈRE.

Il est une modeste fleur,
Sans parfum et sans apparence,
Qui, mieux qu'une autre, de mon cœur
Doit peindre la reconnaissance.
Courbé vers l'astre bienfaisant
Qui nous anime et nous éclaire,
Le tournesol reconnaissant,
Voilà la fleur que je préfère.　　　　(Bis.)

Couplets

CHANTÉS PAR UN ENFANT A SON PÈRE,

LE JOUR DE SA FÊTE.

AIR : *Du vaudeville de Fanchon.*

Pour célébrer ta fête
On se creuse la tête....
Moi, j'ai plus de raison;
Dans cette circonstance
Mon cœur sera mon Apollon,
Et la reconnaissance
Dictera ma chanson.　　　　(Bis.)

4

Faut-il avec emphase
Débiter mainte phrase
Sans rime ni raison?
Non; je dois, au contraire,
Aujourd'hui, sans plus de façon,
Offrir à ce bon père
Ma petite chanson.   (Bis.)

(*Aux Convives.*)

Puisse aujourd'hui mon zèle
Et mon ardeur fidèle
Vous servir de leçon !
Sans que l'on vous invite,
Par des baisers à l'unisson,
Accompagnez bien vite
Ma petite chanson.   (Bis.)

À mes amis,

RASSEMBLÉS POUR ME FÊTER.

Air : *L'homme a vraiment mille défauts.*

Mes bons amis, quand près de vous
En ce beau jour je me retrouve,
Que ces moments pour moi sont doux !
Quelle ivresse pure j'éprouve !
J'ai cru long-temps que le bonheur
N'existait pas sans les richesses....
Ce moment détruit mon erreur,
Je suis heureux par vos caresses.   (Bis.)

Tel riche qui semble n'avoir
Rien à désirer, rien à craindre,
Dans les plaisirs nageant ce soir,
Demain sera le plus à plaindre :
Plus d'amis dont les tendres soins
Partagent son destin funeste....
Moi, bonheur me fuit-il, au moins
Consolante amitié me reste.   (Bis.)

Mes bons amis, auprès de vous
Et près d'une épouse chérie,
Je ne dois plus craindre les coups
De cette fortune ennemie.
Contre le chagrin maintenant
Je tiens la recette certaine....
Car près de vous, en un moment,
J'oublierais un siècle de peine.   (Bis.)

Ma prière à l'Amour.

ACROSTICHE.

Amour, exauce-moi! daigne changer le cœur
De celle que j'adore et qui me désespère ;
Rends-la, par ton pouvoir, sensible à mon ardeur :
Il n'en existera jamais de plus sincère.
Écouter sans pitié les soupirs d'un amant,
Ne pas mettre une fin à son cruel martyre,
N'est-ce pas t'insulter? n'est-ce pas, dieu puissant,
Éclipser ton éclat, et braver ton empire?

Ote-lui les douceurs de cette liberté,
Unique source, hélas! où je puise mes peines;
L'ingrate, en l'étalant avec tant de fierté,
Augmente encor le poids de mes trop lourdes chaînes.
Mais si tu ne veux pas, ou vaincre sa rigueur,
Ou la faire plier sous ton doux esclavage,
Reprends-lui ces attraits, ce visage enchanteur,
Trésors dont elle fait un si funeste usage!

La Pénitence.

Air : *Du vaudeville de la Soirée orageuse.*

Vous me condamnez à chanter;
Grand dieu! quelle bizarre envie!
Pourquoi me forcer à montrer
De ma voix le peu d'harmonie?
Au moins, en vous obéissant,
Je compte sur votre indulgence;
Car on doit chanter tristement
Quand on chante par pénitence.

Portrait de Félicité.

ACROSTICHE.

Faite pour captiver et l'esprit et le cœur,
Elle reçut de la nature
La plus séduisante figure,
Image de son ame, où règne la candeur.
Compatir au malheur, soulager l'infortune....
Il n'est pas, à son gré, de plus noble plaisir !
Tout en elle dénote une ame peu commune ;
Et l'on ne peut enfin la voir sans la chérir.

Une Mère à ses Enfants.

AIR : *Mes chers enfants, unissez-vous.*

Mes enfants, n'oubliez jamais
Les leçons d'une tendre mère :
Aimez toujours, aimez votre bon père,
Pour le payer de ses nombreux bienfaits.
Sous tes coups, ô Parque fatale,
Si je dois tomber avant lui,
Qu'il retrouve un nouvel appui
Dans la piété filiale.   (Bis.)

Couplets

CHANTÉS PAR UN MARI A SON ÉPOUSE,

EN LUI DONNANT UN VOILE POUR SA FÊTE.

Air : *Oui, je te jure, et pour la vie,*
De renoncer aux calembours.

Après dix ans de mariage
Un époux paraître constant !
Je sais que ce n'est plus l'usage :
On méprise le sentiment.   (Bis.)
Si tu pouvais seule m'entendre,
Me faudrait-il, chère moitié,
Sous le voile de l'amitié
Te peindre l'amour le plus tendre ?   (Bis.)

Le voile de la modestie
Me cachait ton esprit, ton cœur ;
J'ai rencontré femme jolie
Sous le voile de la pudeur.   (Bis.)

D'une épouse fidèle et chère
Paisible et joyeux possesseur,
Je goûte aujourd'hui le bonheur
Sous le voile épais du mystère.   (Bis.)

Une Fille à sa Mère.

AIR : *Du vaudeville des Visitandines.*

O MÈRE vertueuse et chère !
Laisse-moi, dans un si beau jour,
Tracer une esquisse légère
De mon respectueux amour.   (Bis.)
De tes enfants le tendre hommage
A tes bienfaits n'est-il pas dû ?
Tu nous formes à la vertu....
Nous aimons en toi son image.   (Bis.)

Ta main si sage, si prudente,
Était pour notre jeune cœur
Ce qu'est pour une faible plante
La main de son cultivateur :   (Bis.)

On la voit, par reconnaissance,
Bientôt s'empresser de fleurir....
Comme elle nous savons chérir
La main qui forma notre enfance. (Bis)

A Mademoiselle M....

QUI ME REPROCHAIT MA TRISTESSE.

AIR : *Comment goûter quelque repos?*

LIVREZ-VOUS aux jeux, au plaisir;
Laissez, laissez-moi ma tristesse :
Mon cœur est fait pour la tendresse,
Le vôtre est fait pour m'en punir.
Pourquoi me reprocher des larmes
Qu'il vous est aisé d'arrêter?
Ah! laissez-les plutôt couler....
Elles ont pour vous tant de charmes!

Le son plaintif de mes soupirs
Est agréable à votre oreille;
Une jouissance pareille
Défend à mon cœur les plaisirs.

Nuit et jour, pour vous satisfaire,
Je gémis, je verse des pleurs;
Et j'aime jusqu'à mes douleurs
Quand par elles je crois vous plaire.

En vain ferais-je mes efforts
Pour modérer leur violence;
Vous avez seule la puissance
D'en calmer soudain les transports.
Hélas! si ma douleur extrême
Un seul instant sut vous toucher,
Daignez, ah! daignez prononcer
Cet aveu si doux : *Je vous aime!*

Parlez; aussitôt le bonheur
Aura dissipé ma tristesse,
Et les roses de la jeunesse
Me rendront leur vive couleur.
Si votre bouche n'ose dire
Ce mot, qui saurait me charmer,
Un tendre regard peut calmer
Et votre crainte et mon martyre.

Je suis aimé !

STANCES.

Moments délicieux, et trop courts à la fois,
Ne me trompez-vous pas, n'êtes-vous point un songe?
Ce que vous m'apprenez serait-il un mensonge?
Mon bonheur est si grand, qu'à peine je le crois !
Est-il vrai qu'Adrienne, et plus douce et plus tendre,
Aux transports de l'amour enfin ouvre son cœur?
Les plaintes, les soupirs qu'exhalait mon ardeur,
A son ame attendrie ont pu se faire entendre !

Je suis aimé ! Grands dieux ! s'il en était ainsi,
Quelle félicité surpasserait la mienne ?
Je pourrais donc prétendre à la main d'Adrienne !
Cet espoir de mon cœur ne serait plus banni!!!
Cet espoir séduisant, qui peut me l'interdire?
Quel cœur mieux que le mien pourra jamais t'aimer,
O ma charmante amie? Oui, je sais t'adorer
Plus que ma bouche, hélas ! ne saurait te le dire.

2*

Quand tu laissas hier sur mon sein palpitant,
Par un doux abandon, se reposer ta tête,
Comme alors mon cœur, fier d'une telle conquête,
Sous un fardeau si cher hâtait son mouvement!
Quand tu sentis ta main dans la mienne pressée,
Quel feu brûlant alors dans mes veines coulait!
Que de désirs l'Amour dans mes sens allumait!
Hélas! n'étais-je pas près de ma bien-aimée?

En traçant aujourd'hui ce fidèle tableau,
Mon cœur éprouve encor un sentiment bien tendre;
Il me semble te voir, te parler et t'entendre;
C'est assez pour guider mon timide pinceau.
Pardonne à ton ami cette épître indiscrète;
Dans l'excès du bonheur, je ne puis contenir
Les transports de l'amour, les élans du plaisir :
Je suis aimé! Permets que l'écho le répète.

Couplets

CHANTÉS PAR UN ENFANT, LE JOUR DE LA FÊTE DE SA MÈRE,

A LAQUELLE IL N'AVAIT OFFERT LA VEILLE QU'UN BOUQUET.

AIR : *Du vaudeville de la Soirée orageuse.*

MA main ne t'offrit qu'un bouquet ;
Ce n'est pas assez pour ta fête :
Reçois encore ce couplet,
De mon cœur fidèle interprète.
A te peindre mes sentiments
Si j'ai mis de la négligence,
C'était pour doubler des moments
Bien chers à ma reconnaissance !

Si le Ciel exauce mes vœux,
S'il daigne exaucer ma prière,
Il rendra tes enfants heureux
En rendant heureuse leur mère !

Quel que soit l'arrêt du Destin,
Ils sauront te chérir sans cesse ;
Et ton bonheur sera certain
Tant qu'il viendra de leur tendresse.

Couplets

CHANTÉS PAR UNE JEUNE PERSONNE,

LE JOUR DE SES NOCES.

AIR : *Faut attendre avec patience.*

ENFIN, comblant mon espérance,
Le Ciel me donne un tendre époux,
Dont la douceur et la constance
M'assurent le sort le plus doux !
Je lui promets même tendresse,
Même constance et même ardeur....
Oui, je le chérirai sans cesse,
Si j'en juge d'après mon cœur.　　　(Bis.)

L'argent n'est pas notre partage ;
Il n'a point ébloui nos yeux :
Mais les plus riches, en ménage,
Sont-ils toujours les plus heureux ?
Dans l'humble et paisible chaumière
On trouve souvent le bonheur....
Au lieu d'or nous aurons, j'espère,
Notre amour et la paix du cœur.   (Bis.)

A Mademoiselle Octavie,

QUI ME DEMANDAIT UN COUPLET.

Air : *J'étais bon chasseur autrefois.*

Tu me demandes un couplet ;
J'obéis, charmante Octavie :
Ah ! pour toi, séduisant objet,
Je rimerais toute la vie !
Mais je ne suis pas un Caton ;
Et, dans le transport qui m'anime,
Je crains de perdre la raison
En trouvant près de toi la rime.

J'ai fait des vers pour la Beauté,
Pour Bacchus et pour la Folie;
J'en ai fait pour la Volupté,
Mais jamais pour la sombre Envie :
Amant, j'ai célébré l'Amour;
Époux, j'ai chanté la Constance;
Plus heureux, je puis en ce jour
Chanter la Vertu, l'Innocence!

Conserve bien cette pudeur
Qui nous captive et nous enchante,
Mais surtout cet air de candeur
Qui te rend encor plus charmante.
On ne peut te voir sans t'aimer;
Soumets les cœurs à ton empire :
Ton exemple saura prouver
Combien la vertu peut séduire!

Portrait de Sophie.

ACROSTICHE.

Ses attraits sont les dons de la simple nature :
On trouve en elle aimable et gentille figure,
Pied mignon, jambe fine, et belle chevelure,
Haleine de Zéphyr, et peau dont la douceur
Imite du satin l'éclatante blancheur;
Esprit, grâce, vertu, mais surtout un bon cœur.

Couplet

POUR FÊTER UNE MARIE.

Air : *C'est à mon maître en l'art de plaire.*

Si nous voulons chanter Marie,
Il faut la peindre tour à tour
Tendre mère, épouse chérie,
Bien digne enfin de notre amour :
Ses vertus, que chacun admire,
Enchaînent nos cœurs à jamais....
Elle est bien sûre d'un empire
Qu'elle a fondé sur ses bienfaits.

Couplets

D'UN FILS A SON PÈRE,

POUR CÉLÉBRER SA FÊTE.

AIR : *L'hymen est un lien charmant.*

Amis et parents, tour à tour,
T'expriment leur vive tendresse;
Mêmes transports, même allégresse,
Les animent dans ce beau jour.   (Bis.)
Mais cette époque heureuse et chère
N'arrive, hélas! que tous les ans,
Et ce retard nous désespère...   (Bis.)
Il est si doux pour des enfants
De pouvoir fêter un bon père!   (Bis.)

T'offrir un couplet, une fleur....
Ce présent a peu d'importance;
Cependant la reconnaissance
Peut lui donner quelque valeur.   (Bis.)
Avec cette offrande légère,
Grâce à nos tendres sentiments,
Nous te plaisons; oui, je l'espère :   (Bis.)
Car l'amitié de ses enfants   (Bis.)
Est le vrai trésor d'un bon père.

En vain son espoir est fondé
Sur les honneurs, sur la richesse,
L'homme par l'aveugle déesse
Se voit souvent abandonné.   (Bis.)
Mais en dépit du sort contraire,
Nos cœurs, purs et reconnaissants,
Sauraient te consoler, te plaire :   (Bis.)
Le tendre amour de ses enfants
Jamais n'abandonne un bon père.   (Bis.)

Couplet

POUR FÊTER A LA FOIS SA MÈRE ET SA SOEUR.

AIR : *C'est à mon maître l'art de plaire.*

CÉLÉBRER une bonne mère
Et chanter une tendre sœur....
Si cette tâche est peu légère,
Elle est bien douce pour mon cœur!
Puissé-je, en cette circonstance,
Ne pas exprimer à moitié,
A l'une ma reconnaissance,
A l'autre ma vive amitié!

A deux jeunes Époux,

LE JOUR DE LEUR MARIAGE.

Air : *D' l'instant qu'on nous mit en ménage.*

Jeunes amants qu'Hymen engage,
Vous devez tous deux le savoir;
Lorsque l'on se met en ménage
On s'impose plus d'un devoir.
(*Au mari.*)
Mon ami (bis), vois cette famille;
Tendres parents, époux heureux....
Sur chaque front la vertu brille.
Que de modèles sous tes yeux!

De ta jeune et sensible épouse
Soisle protecteur et l'appui.
(*A la mariée.*)
Et toi, ne sois jamais jalouse
Que de rendre heureux ton mari.
Mon enfant (bis) regarde ta mère....
Que de bonté! que de douceur!
Imite-la, si tu veux plaire;
Que son portrait soit dans ton cœur.

Le Troubadour.

ROMANCE.

Air : *Te bien aimer*, etc.

Un troubadour, fatigué de la vie,
Vers le tombeau tristement s'avançait;
Il aperçoit l'adorable Zélie,
Et dans son cœur l'espérance renaît.

De ses malheurs, de sa longue souffrance,
Près de Zélie il perd le souvenir;
Près de Zélie il chérit l'existence;
Loin d'elle, hélas! il ne fait que languir.

Mais la nuit vient, et le devoir l'appelle;
Il doit quitter cet objet enchanteur :
Son cœur se brise en se séparant d'elle,
Et chaque pas l'éloigne du bonheur.

Tu prends pitié de son cruel martyre,
Dieu du sommeil. Bientôt le troubadour,
D'un songe heureux éprouvant le délire,
Tient dans ses bras l'objet de son amour.

Elle lui rend caresse pour caresse;
Elle répond à sa brûlante ardeur!
Pourquoi faut-il qu'une si douce ivresse
Ne soit l'effet que d'un rêve trompeur?

L'astre des nuits a fui devant l'Aurore....
Le charme cesse; adieu plaisir, bonheur!
Il se réveille, et celle qu'il adore
N'est plus, hélas! que dans son tendre cœur.

Vous qui d'amour connaissez la souffrance,
Plaignez, plaignez le pauvre troubadour!
Ainsi que vous, il n'a pas l'Espérance
Pour adoucir les tourments de l'Amour.

Rassure-toi, vertueuse Zélie;
Tel est le vœu de cet amant discret:
Te respecter, te chérir pour la vie,
Et dans la tombe emporter son secret!

Je t'aime trop.

AIR *à faire.*

Je t'aime trop, ô charmante Sophie!
Pour concentrer plus long-temps mon amour;
Je t'aime trop pour tenir à la vie
Si tu ne veux me payer de retour.
Je t'aime trop, car ta seule présence
Suffit, hélas! pour faire mon bonheur;
Mais s'il fallait supporter ton absence....
Je t'aime trop; j'en mourrais de douleur!

Je cherche en vain pourquoi ta bouche élude
De m'annoncer le destin qui m'attend :
Je t'aime trop! aussi l'incertitude
Est pour mon cœur le plus affreux tourment.
En t'adorant peut-être je t'offense?
Moi, t'offenser! je préfère mourir....
Ordonne-moi de souffrir en silence;
Je t'aime trop pour ne pas t'obéir.

3*

Si, par bonheur, ton cœur sensible et tendre
Daigne répondre à ma sincère ardeur,
Je t'aime trop! ne crains pas de m'apprendre
Ce qui doit faire à jamais mon bonheur.
De la vertu je reconnais l'empire;
En t'adorant, je sais te respecter :
Je t'aime trop pour vouloir te séduire;
Je t'aime trop pour oser te tromper.

Une jeune personne

A son Père,

DONT LA FÊTE SE TROUVAIT DANS L'HIVER.

Air : *C'est à mon maître en l'art de plaire.*

La terre a perdu sa parure,
Flore a déserté nos climats;
Quand tout languit dans la Nature,
L'hiver a pour moi des appas.
Ce jour nébuleux, mais prospère,
Est embelli par mon amour....
Le jour où je fête un bon père,
Pour mon cœur est le plus beau jour!

Malgré cette saison rebelle
Je pourrais t'offrir une fleur,
Et je choisirais l'immortelle
Pour emblème de mon ardeur :
Mais au défaut de cet hommage,
Mon cœur me dicte ce couplet ;
De l'amitié le doux langage
Vaut mieux qu'un fragile bouquet.   (Bis.)

Un Mari à son Épouse,

LE JOUR DE LA NAISSANCE D'UN DE SES ENFANTS.

AIR : *Oui, je te jure, et pour la vie.*

DÉJA l'Amour et l'Hyménée
Nous unissaient des plus doux nœuds ;
Mais le Ciel, ô ma bien-aimée !
Par cet enfant comble nos vœux.
Comme amante, tu m'étais chère ;
Ah ! tu l'es bien plus en ce jour,
Car tu mérites mon amour
Et comme épouse et comme mère.

Je t'aimerai.

Air : *à faire.*

Je t'aimerai, séduisante Eugénie ;
Rien ne pourrait affaiblir mon amour ;
Je t'aimerai pour embellir ma vie,
Et dans l'espoir de t'attendrir un jour.
En vain ta voix et prudente et sévère
A la raison voudrait me rappeler ;
Tes yeux, hélas ! m'enseignent le contraire,
Et tout en toi me force à t'adorer.

Je t'aimerai malgré l'indifférence
Dont tu parais vouloir payer mes feux ;
Et tu diras, en voyant ma constance :
» Il méritait un amour plus heureux. »
Que la fortune, ou propice ou contraire,
Nous réunisse ou t'éloigne de moi....
Toujours brûlant d'une flamme sincère,
Je t'aimerai, je n'aimerai que toi.

Ah ! si du moins, si tu daignais me dire :
Je t'aimerai !!! ce seul mot enchanteur,
Sans t'engager, calmerait mon martyre,
Et me rendrait l'espoir et le bonheur.
Mais ta rigueur me plaît, et semble encore,
Chère Eugénie, à mes yeux t'embellir !
Je t'aimerai.... Le feu qui me dévore
Ne s'éteindra qu'à mon dernier soupir.

Ne plus la voir.

AIR : *Tu le veux donc, ô peine extrême !*

Ne plus la voir, celle que j'aime !
Comment survivre à ma douleur ?
Mais s'il le faut, je fuirai même,
Pour son repos, pour son bonheur.
Peines, chagrins, inquiétude,
Près d'elle je vous oubliais ;
Dans quelle affreuse solitude
Me faut-il vivre désormais !

Un seul regard, une parole,
Un rien d'elle enivrait mon cœur ;

Mais aujourd'hui tout me désole,
Tout me rappelle à ma douleur;
Je cherche, j'appelle Sophie;
Je crois l'entendre.... vain espoir!
Ah! que ferai-je de la vie
S'il faut, hélas! ne plus la voir?

Chaque soir, d'une ardeur nouvelle
Auprès d'elle mon cœur brûlait;
Tous mes regards étaient pour elle;
Sa seule voix me captivait.
Ne plus la voir, ma douce amie!!!
Qui peut me ravir ce bonheur?
Je la verrai malgré l'envie....
Car son image est dans mon cœur.

Couplets chantés par l'Auteur,

A L'OCCASION DU MARIAGE D'UN DE SES AMIS.

AIR : *à faire.*

Il faut donc en ce jour,
Où l'Amitié m'inspire,
Célébrer sur ma lyre
Et l'Hymen et l'Amour !
Las ! ma voix pourra-t-elle
Peindre mes sentiments ?
Prête-moi tes sublimes accents,
Viens, Amitié fidèle,
Soutiens mes faibles chants.

Aux pieds du saint autel
Ce couple aimable et tendre
Aujourd'hui fit entendre
Un serment solennel.
Puisse la Providence
Bénir ce doux serment !
Qu'un amour toujours pur et constant.
Leur donne l'assurance
D'un avenir charmánt !

  Que d'autres soient jaloux
  D'un brillant héritage ;
  Un plus noble partage
  Distingue nos époux.
  L'honneur est leur richesse,
  La vertu leur trésor....
Et tous deux possèdent encor
  Talents, esprit, tendresse....
  Cela vaut bien de l'or !

Un Fils à son Père, le jour de sa Fête.

Air : *Comme j'aime mon Hippolyte.*

  Je croyais que dans ce beau jour
Où je dois fêter un bon père,
Pour mieux lui peindre mon amour,
L'éloquence était nécessaire :
Eh bien, mon cœur reconnaissant
Me dit qu'en cette circonstance
Le langage du sentiment
Est la véritable éloquence.   (Bis.

À ma Femme,

POUR SA FÊTE.

AIR : *Le premier pas.*

DANS un couplet
Je voulais de Marie
Peindre à la fois les vertus d'un seul trait ;
Mais je la vois, et je sens douce envie
D'offrir ce soir à ma gentille amie
  Plus d'un couplet.   (Bis.)

Second couplet
N'est pas si grande affaire !
Mon cœur me dit qu'il sera bientôt prêt.
Fidèle épouse, et surtout bonne mère,
En te chantant il est aisé de faire
  Plus d'un couplet.   (Bis.)

Dans mes couplets
L'esprit ne brille guère ;

Le sentiment seul en fit tous les frais.
Puissé-je encore t'amuser et te plaire
En te faisant, à l'ombre du mystère....
      D'autres couplets.   (Bis.)

Un Jardinier

A SON MAITRE.

Air : *C'est le meilleur homme du monde.*

Lorsque chacun de son amour
Vous offre l'hommage sincère,
O mon cher maître, en ce beau jour,
Serai-je le seul à me taire?
Bastien, qui n'est pas orateur,
Des grands mots connaît peu l'usage;
Mais posez la main sur son cœur,
Il vous en dira davantage.   (Bis.)

Deux Enfants

A LEURS PÈRE ET MÈRE,

DONT LA FÊTE SE CÉLÉBRAIT LE MÊME JOUR.

LA JEUNE FILLE A SA MÈRE

Air : *C'est à mon maître en l'art de plaire.*

Nous avoir donné l'existence
Est le moindre de tes bienfaits;
Tes soins, ta douce vigilance,
Peuvent-ils s'oublier jamais?
Ton sein offrait à notre enfance
Un asile contre la peur;
Et nos chagrins, notre souffrance,
Expiraient bientôt sur ton cœur.　　(Bis.)

SON JEUNE FRÈRE.

Même air.

Pour nous une aussi bonne mère
Est le plus beau présent des Cieux!
Mais la tendre amitié d'un père
Est-elle un don moins précieux?

Guider, amuser notre enfance,
Fit son plaisir et son bonheur ;
Ses vertus et sa bienfaisance
Aujourd'hui forment notre cœur.   (Bis.)

l'Épouse abandonnée.

ROMANCE.

Air *à faire.*

Ce matin, ce matin encore
Je rêvais plaisir et bonheur,
Auprès de l'époux que j'adore
J'oubliais déjà ma douleur.
Je dois renoncer à la vie
S'il faut renoncer à le voir ;
Loin de lui, sa fidèle amie
Peut-elle exister sans espoir ?

Tout me plaisait dans la nature
Quand il embellissait ces lieux ;
Aujourd'hui bois, fleurs et verdure
N'ont plus de charmes à mes yeux.

Heureux jours où, sous ce feuillage,
Je l'admirais matin et soir,
Je vous regrette davantage
Depuis que je n'ai plus d'espoir!

A tes pleurs, Aurore brillante,
On me verra mêler mes pleurs!
Doux Sommeil! ta paix bienfaisante
Ne suspendra plus mes douleurs.
Dans cette affreuse solitude
Où je ne dois plus le revoir,
Gémir sera ma seule étude....
Mourir sera mon seul espoir.

Un Enfant cueillant des fleurs

POUR LA FÊTE DE SON PÈRE.

Air : *Jeunes amants cueillez des fleurs.*

Quittez, quittez ce lieu charmant,
Doux présents de l'aimable Flore !
Je vous prépare, en vous cueillant,
Un destin plus heureux encore.
De votre éclat, de votre odeur,
Je prive aujourd'hui ce parterre ;
Mais je vous réserve l'honneur
De parer le front d'un bon père.   (Bis.)

Un Enfant à son Père,

LE JOUR DE SA FÊTE.

Aie : *Daignez m'épargner le reste.*

Offrir à ce père chéri
Un présent de peu d'importance,
Puis, dans un couplet tout uni,
Lui peindre ma reconnaissance ;
En lui donnant mille baisers
Prouver un plaisir céleste....
Si ce n'est pas encor assez,   (Bis.
Mon cœur dictera le reste.   (Bis.)

Le rendez-vous.

AIR *à faire.*

Il a fini sa brillante carrière,
L'astre du jour, l'astre majestueux :
A tant d'éclat dont il prive les cieux
Va succéder une pâle lumière....
    Ton seul flambeau, puissant Amour,
    Ton flambeau brûle nuit et jour.

Déjà la nuit répand sur la nature
Le doux sommeil, ce bienfaisant repos ;
Heureux celui dont il calme les maux !
Rien n'a jamais il le tourment que j'endure,
    Et mon cœur seul, brûlant d'amour,
    Oui, mon cœur souffre nuit et jour.

Mais l'heure sonne ! un seul instant encore.
Rien ne pourra manquer à mes désirs !
Plus de chagrins, de larmes, de soupirs,
En possédant la beauté qu'on adore....
    On est alors, grâce à l'Amour,
    Heureux la nuit comme le jour.

Les soirées d'Amour.

AIR : *Vous me plaignez, ma tendre amie.*

Moments que ma fidèle amie
Embellit par son tendre amour ;
Moments les plus doux de ma vie,
Vous naissez quand finit le jour !
Mais mon bonheur commence à peine
Que le Temps l'a bientôt détruit....
Ne dois-je pas quitter Climène
Aussitôt qu'arrive la nuit ?

La nuit ne m'offre d'autres charmes
Qu'un songe aimable, mais trompeur ;
Le jour réveille mes alarmes :
Mon cœur s'élance vers son cœur.
Mais le soir vient, et ma tendresse
En met les instants à profit !
Ah ! faut-il que mon bonheur cesse
Aussitôt qu'arrive la nuit ?

En vain l'Amour sur ma carrière
A déjà semé quelques fleurs;
C'est à l'Hymen, c'est à son frère
A sécher tout-à-fait mes pleurs !
De leur union mutuelle
Le bonheur est toujours le fruit;
Et par eux il se renouvelle
Chaque fois qu'arrive la nuit.

Le Lis et la Violette.

APOLOGUE

COMPOSÉ PENDANT LES CENT JOURS.

Auprès d'un Lis éblouissant, superbe,
   Et dont le calice orgueilleux
   Charmait l'odorat et les yeux,
Croissait, loin des regards, et se cachant sous l'herbe,
Une humble plante, offrant, dans sa gentille fleur,
   L'emblème de la Modestie
   Et de la timide Pudeur;
La Violette enfin, de l'éclat ennemie.

Le Ciel était aussi calme que pur,
Et l'astre qui brillait sur la voûte d'azur
Embellissait le Lys ; aussi sa tête altière
(Du trône et des jardins l'ornement et l'honneur)
S'élevait noblement, semblait encore plus fière
  De sa beauté, de sa blancheur.

  Tout à coup un affreux orage
Couvre d'un voile épais et la terre et les cieux,
  Et du sein d'un sombre nuage
  S'élance un Aigle furieux,
  Dont la serre, encore sanglante,
Saisit le Lis, l'arrache, et le laisse étendu
  Près de sa voisine tremblante.
En un moment, hélas ! le Lis a tout perdu !
Tels on voit ces palais, d'orgueilleuse structure,
Renversés par la foudre, et tout à coup réduits
  Au niveau de l'humble masure
Qu'à peine ils honoraient d'un regard de mépris.

Après ce bel exploit, tout fier d'une victoire
  Qu'il attribue à sa valeur,
Et se croyant couvert d'une immortelle gloire,
L'Aigle, pour se parer, veut avoir une fleur.
Notre modeste plante, en vain, dans sa cachette,
Se croit en sûreté ; bientôt l'oiseau vainqueur

De mainte et mainte fleur dépouille la pauvrette,
Puis s'envole, tenant dans son bec destructeur,
  Bouquet charmant et d'agréable odeur,
Que compose à regret la douce Violette.

  On vit alors les Hiboux, les Corbeaux,
Les Milans, les Vautours (enfin tous les oiseaux
    Avides de pillage,
  De sang, de meurtre et de carnage),
  Se rengorger, faire les beaux,
Et d'un pareil bouquet décorer leur plumage.
  Mais laissons-les, pour un instant,
  Avilir la fleur printanière,
Et revenons au Lis. Hélas! dans la poussière,
Près de la Violette, il était expirant!!!
Celle-ci n'eût jamais adressé la parole
Au Lis éblouissant, au Lis majestueux ;
Mais il est renversé, languissant, malheureux,
Il accuse le sort, gémit et se désole........
    La tendre Sensibilité
A la timide fleur dicte alors ce langage :

  « Console-toi, reprends courage,
  » Dit-elle au Lis ; tu n'as point mérité
  » Un tel affront, un si cruel outrage :
  » Console-toi ; l'Aigle persécuteur
    » N'obtient, pour prix de sa victoire,

» Que mépris, honte et déshonneur,
» Lorsqu'au sein même du malheur
» Le Lis a conservé sa gloire.
» Ah! que ne puis-je en dire autant!
» Mais, hélas! maintenant
» Que de la trahison, du crime et du parjure,
» Par un fatal destin,
» Chacun a vu ma fleur devenir la parure,
» Puis-je encore aspirer à décorer le sein
» D'une Vierge innocente et pure?
» Mon sort est mille fois plus affreux que le tien!
» Bientôt un bras puissant et tutélaire
» Te rendra ta splendeur première,
» Et sera ton vengeur ainsi que ton soutien!
» Oui, bientôt du pouvoir suprême,
» De la Candeur, de la Vertu,
» Le Lis redeviendra l'ornement et l'emblême!!!
» Mais aujourd'hui, languissant, abattu,
» Et du malheur innocente victime,
» Rappelle-toi qu'il est plus glorieux
» De succomber en restant vertueux,
» Que de triompher par le crime. »

FIN.

CALENDRIER
POUR L'AN 1824.

ARTICLES DU CALENDRIER
POUR L'ANNÉE 1824.

Année de la Période Julienne. 6537
Depuis la première Olympiade d'Iphitus,
   jusqu'en Juillet. 2598
De la fondation de Rome, selon Varron,
   (Mars). 2577
De l'époque de Nabonassar, depuis Février. 2571
De la naissance de Jésus-Christ. 1824
L'année 1239 des Turcs commence, selon
   l'usage de Constantinople, le 7 Septembre
   1823 , et finit le 25 Août 1824.

FÊTES MOBILES.

La Septuagésime. . . . . , ... 15 Février.
Les Cendres . . . . 3 Mars.
PAQUES. . . . . 18 Avril.
Les Rogations. . . . . 24 , 25 et 26 Mai.
L'ASCENSION. . . . . 27 Mai.
LA PENTECOTE. . . . . 6 Juin.
La Trinité. . . . . 13 Juin.
LA FÊTE-DIEU. . . . . 17 Juin.
L'Avent. . . . . 28 Novem.
Des Rois à la Septuagésime. . . . . . . 5 Dimanc.
De la Pentecôte à l'Avent. . . . . 24 Dimanc.

COMPUT ECCLÉSIASTIQUE.

Nombre d'or. 1
Épacte. 0
Cycle Solaire. 13
Indiction Romaine. 12
Lettre Dominicale. . . . . DC.

QUATRE-TEMPS.

Les 10 , 12 et 13 Mars.
Les 9 , 11 et 12 Juin.
Les 15 , 17 et 18 Septembre.
Les 15 , 17 et 18 Décembre.

SAISONS.

Le PRINTEMPS commencera le 20 Mars , à 3 h. 41 min. du matin.

L'ÉTÉ commencera lé 21 Juin, à 1 h. 8 min. du matin.

L'AUTOMNE commencera le 22 Septembre , à 3 h. 5 min. du soir.

L'HIVER commencera le 21 Décembre , à 8 h. 11 min. du matin.

ÉCLIPSES.

Il y aura cette année 1824, quatre Éclipses, deux de Soleil et deux de Lune.

Le 16 Janvier, Éclipse partielle de lune en partie visible à Paris.

Le 26 Juin, Éclipse de Soleil invisible à Paris.

Le 11 Juillet, Éclipse de Lune en partie visible à Paris.

Le 20 Décembre, Éclipse de Soleil, invisible à Paris.

SIGNES DU ZODIAQUE.

Bélier.	♈	Balance.	♎
Taureau.	♉	Scorpion.	♏
Gémeaux.	♊	Sagittaire.	♐
Écrevisse.	♋	Capricorne.	♑
Lion.	♌	Verseau.	♒
Vierge.	♍	Poissons.	♓

JANVIER 1824.			FÉVRIER.		

JANVIER 1824.

Nouvelle Lune le 1.
Premier Quartier le 9.
Pleine Lune le 16
Dernier Quartier le 23.
Nouvelle Lune le 31

FÉVRIER.

Premier Quartier le 8.
Pleine Lune le 14.
Dernier Quartier le 21.
Nouvelle Lune le 29.

jeudi	1	LA CIRCONCIS.	4 D.	1	s. Ignace.
vend	2	s. Basile.	lundi	2	PURIFICATION.
same	3	ste *Geneviève.*	mard	3	s. Blaise.
D.	4	s. Rigobert.	merc	4	s. Phileas.
lundi	5	s. Siméon.	jeudi	5	ste Agathe.
mard	6	L'ÉPIPHANIE.	vend	6	s. Vast, ev.
merc	7	s. Théau.	same	7	s. Romuald.
jeudi	8	s. Lucien.	5 D.	8	s. Jean de Mat.
vend	9	s. Furcy, abbé	lundi	9	ste Apoline.
same	10	s. Paul, herm.	mard	10	ste Scholastiq
1 D.	11	s. Théodose.	merc	11	s. Séverin.
lundi	12	s. Fergus.	jeudi	12	ste Eulalie.
mard	13	Bapt. N. S.	vend	13	s. Lézin, evêq.
merc	14	s. Félix de N.	same	14	s. Valentin.
jeudi	15	s. Maur, abbé.	D.	15	*Septuagesime.*
vend	16	s. Guillaume.	lundi	16	ste Julienne.
same	17	s. Antoine, ab	mard	17	ste Marianne.
2 D.	18	Chair s. P. à R.	merc	18	s. Simeon, ev.
lundi	19	s. Sulpice.	jeudi	19	s. Moyse.
mard	20	s. Sebastien.	vend	20	s. Eucher.
merc	21	ste Agnès, v. m	same	21	s. Pepin.
jeudi	22	s. Vincent.	D.	22	*Sexagesime.*
vend	23	s. Ildephonse.	lundi	23	s. Merault.
same	24	s. Babylas, ev.	mard	24	s. Mathias.
3 D.	25	Conv. s. Paul.	merc	25	s. Tataise.
lundi	26	ste Paule. v.	jeudi	26	s. Alexandre.
mard	27	s. Julien.	vend	27	ste Honorine.
merc	28	s Charlemagne	same	28	s. Romain.
jeudi	29	s. Franç. de S.	D.	29	*Quinquagés.*
vend	30	ste Bathilde.			
same	31	s. Olasque.			

MARS.			AVRIL.		
Premier Quartier le 8.			**Premier Quartier le 6.**		
Pleine Lune le 15.			**Pleine Lune le 13.**		
Dernier Quartier le 22.			**Dernier Quartier le 21.**		
Nouvelle lune le 30.			**Nouvelle Lune le 29.**		
lundi	1	s. Aubin , év.	jeudi	1	s. Hugues.
mard	2	s. Simplice.	vend	2	s. Franç. de P.
merc	3	*Les Cendres.*	same	3	s. Richard.
jeudi	4	s. Casimir.	5 D.	4	*La Passion.*
vend	5	Les Cinq Plaies	lundi	5	s. Vincent
same	6	s^{te} Colette.	mard	6	s. Prudent.
1 D.	7	*Quadragésim.*	merc	7	s. Hegésipe.
lundi	8	s. Jean de Dieu	jeudi	8	s. Gaulthier.
mard	9	s^{te} Françoise.	vend	9	s^{te} Marie-E.
merc	10	*Quatre-Tems.*	same	10	s. Macaire.
jeudi	11	40 Martyrs.	6 D.	11	*Les Rameaux.*
vend	12	s. Aprosise.	lund	12	s. Jules , pape.
same	13	N. D. de P.	mard	13	s. Marcellin.
2 D.	14	*Reminiscere.*	merc	14	s. Tiburce.
lundi	15	s. Longin.	jeudi	15	s. Paterne.
mard	16	s. Abraham.	vend	16	*Vendr.-Saint.*
merc	17	s^{te} Gertrube.	same	17	s. Anicet.
jeudi	18	s. Cyrille.	D.	18	PAQUES.
vend	19	s. Joseph.	lundi	19	s. Elphège.
same	20	s Joachim.	mard	20	s. Hildegon.
3 D.	21	*Oculi.*	merc	21	s. Anselme.
lundi	22	s. Paul, év.	jeudi	22	s^{te} Opportune.
mard	23	s. Victorien.	vend	23	s. Georges.
merc	24	s. Gabriel.	same	24	s^{te} Beuve.
jeudi	25	ANNONC.	1 D.	25	*Quasimodo.*
vend	26	s. Ludger, év.	lundi	26	s Clet, p. m.
same	27	s. Rupert.	mard	27	s. Policarpe.
4 D.	28	*Lætare.*	merc	28	s. Vital.
lundi	29	s. Eustase.	jeudi	29	s. Robert.
mard	30	s. Rieule , év.	vend	30	s. Eutrope, é.
merc	31	s^{te} Balbine.			

MAI.			JUIN.		

Premier Quartier le 6.
Pleine Lune le 13.
Dernier Quartier le 21.
Nouvelle Lune le 28.

Premier Quartier le 4.
Pleine Lune le 11.
Dernier Quartier le 19.
Nouvelle Lune le 26.

same	1	s. Jacq. s. Phil.	mard	1	s. Pamphile.
2 D.	2	s. Athanase.	merc	2	s. Pothin.
lundi	3	Inv. de ste Cro.	jeudi	3	ste Clotilde.
mard	4	ste Monique.	vend	4	s. Quirin.
merc	5	C. de S. A.	same	5	s. Bonif. *V.-J.*
jeudi	6	s. Jean P. L.	D.	6	PENTECOTE.
vend	7	s. Stanislas.	lundi	7	s. Paul, C.
same	8	s. Désiré.	mard	8	s. Médard.
3 D.	9	s. Grégoire N.	merc	9	*Quatre-Tems*.
lundi	10	s. Gordien.	jeudi	10	s. Landry.
mard	11	s. Mamert.	vend	11	s. Barnabé.
merc	12	s. Nérée.	same	12	s. Basilide.
jeudi	13	s. Servais.	1 D.	13	*La Trinité.*
vend	14	s. Boniface.	lundi	14	s. Rufin.
same	15	s. Isidore	mard	15	s. Gui.
4 D.	16	s. Honoré.	merc	16	s. Fargeau.
lundi	17	s. Pascal.	jeudi	17	FÊTE-DIEU.
mard	18	s. Félix de C.	vend	18	ste Marine.
merc	19	s. Célestin.	same	19	s. Gervais, s. P.
jeudi	20	s. Bernardin.	2 D.	20	s. Silvère.
vend	21	s. Hospice.	lundi	21	s. Leufroy.
same	22	ste Julie.	mard	22	s. Paulin.
5 D.	23	s. Didier, év.	merc	23	s. Andri. *Vig.*
lundi	24	*Les Rogations*	jeudi	24	O. F-D. s. *J.B.*
mard	25	ste Magdelaine.	vend	25	Trans. s. Eloi.
merc	26	s. Jean, p.	same	26	s. Babolein, ab.
jeudi	27	L'ASCENSION.	3 D.	27	s. Crescent.
vend	28	s. Germ., év.	lundi	28	s. Irénée. *V. J.*
same	29	s. Maximin, év.	mard	29	*s. Pierre s. P.*
6 D.	30	s. Hubert.	merc	30	Comm. s. Paul.
lundi	31	ste Pétronil.			

JUILLET.			AOUT.		
Premier Quartier le 3. Pleine Lune le 11. Dernier Quartier le 19. Nouvelle Lune le 26.			Premier Quartier le 1. Pleine Lune le 9. Dernier Quartier le 17. Nouvelle Lune le 24. Premier Quartier le 31.		
jeudi	1	s. Martial.	8 D.	1	s. Pierre-ès-Li.
vend	2	*Vis. de la Vier*	lundi	2	s. Etienne, pa.
same	3	s. Anatole, év	mard	3	Inv. de s. Etien.
4 D.	4	Tr. de s. Mart.	merc	4	Susc. de Ste Cr.
lundi	5	ste Zoé, mart.	jeudi	5	s. Yon, mart.
mard	6	s. Tranquillin.	vend	6	Transfig. de N.
merc	7	ste Aubierge.	same	7	s. Albert, év.
jeudi	8	ste Elisabeth.	9 D.	8	s. Justin, mar.
vend	9	ste Victoire.	lundi	9	s. Romain.
same	10	ste Félicite.	mard	10	s. Laurent, m.
5 D.	11	Tr. de s. Benoît	merc	11	Susc. Ste Cour.
lundi	12	Tr. de s. Pr.	jeudi	12	ste Claire.
mard	13	s. Turiaf.	vend	13	s. Hippolyte.
merc	14	s. Bonaventure	same	14	s. Eusebe. *V. J.*
jeudi	15	s Henri, emp	10 D.	15	ASSOMPTION.
vend	16	N.-D. du M. C.	lundi	16	s. Roch.
same	17	s. Spérat.	mard	17	s. Manimès, m.
6 D.	18	s. Clair.	merc	18	ste Helène.
lundi	19	s Vincent de P.	jeudi	19	s. Jules.
mard	20	ste Marguerite.	vend	20	s. Bernard.
merc	21	s. Victor, mart	same	21	ste J. F. de C.
jeudi	22	ste Magdeleine.	11 D.	22	s. Symphorien.
vend	23	s. Apollinaire.	lundi	23	s. Timothée.
same	24	Jours Can.	mard	24	s. Barthelemy.
7 D.	25	s. Jacq. s. Chr.	merc	25	s. LOUIS, ROI.
lundi	26	Tr. de s. Marcel	jeudi	26	Fin des J. C.
mard	27	s Pantaleon.	vend	27	s. Césaire.
merc	28	ste Anne.	same	28	s. Augustin.
jeudi	29	s. Loup.	12 D.	29	s. Médéric.
vend	30	s. Abdon.	lundi	30	s. Fiacre.
same	31	s. Germain-l'A.	mard	31	s. Ovide.

SEPTEMBRE.			OCTOBRE.		

SEPTEMBRE.

Pleine Lune le 8.
Dernier Quartier le 16.
Nouvelle Lune le 22.
Premier Quartier le 29.

OCTOBRE.

Pleine Lune le 8.
Dernier Quartier le 15.
Nouvelle Lune le 22.
Premier Quartier le 29.

merc	1	s. Leu, s. Gilles.	vend	1	s. Remi, évêq.
jeudi	2	s. Lazare.	same	2	ss. Anges Gard.
vend	3	s. Grégoire.	17 D.	3	s. Denis, Ar.
same	4	ste Rosalie.	lundi	4	s. François d'A
13 D.	5	s. Bertin, abbé	mard	5	ste Aure, v.
lundi	6	s. Onésipe.	merc	6	s. Bruno.
mard	7	s. Cloud.	jeudi	7	s. Serge.
merc	8	NATIV. DE N. D.	vend	8	s. Demètre.
jeudi	9	s. Omer, évêq.	same	9	*s. Denis, év.*
vend	10	s. Nicolas Tol.	18 D.	10	ss. Géréon.
same	11	s. Patient, év.	lundi	11	ss. Nicaise, etc.
14 D.	12	s. Serdot. évêq.	mard	12	s. Vilfride, év.
lundi	13	s. Maurille.	merc	13	s. Gérand.
mard	14	Exalt. ste Croix.	jeudi	14	s. Caliste, pap.
merc	15	*Quatre-Tems.*	vend	15	ste Thérèse.
jeudi	16	s. Cyprien.	same	16	s. Gal, abbé.
vend	17	s. Nicomede.	19 D.	17	s. Cerbonney.
same	18	s. Lambert, é.	lundi	18	s. Luc, évang.
15 D.	19	s. Jeanvier.	mard	19	ss. Savinien.
lundi	20	s. Eustache.	merc	20	s. Sendou.
mard	21	s. Mathieu.	jeudi	21	ste Ursule.
merc	22	s. Maurice.	vend	22	s. Mellon.
jeudi	23	ste Thècle, v.	same	23	s. Hilarion.
vend	24	s. Andoche.	20 D.	24	s. Magloire.
same	25	s. Firmin.	lundi	25	s. Crépin s. Cr.
16 D.	26	ste Justine.	mard	26	s. Rustique.
lundi	27	s. Cô. s. D.	merc	27	s. Frumence.
mard	28	s. Céran.	jeudi	28	s. Simon s. Jud.
merc	29	s. Michel.	vend	29	s. Faron, évêq.
jeudi	30	s. Jérôme.	same	30	s. Lucain. *V. J.*
			21 D.	31	s. Quentin.

NOVEMBRE.			DÉCEMBRE.		

Pleine Lune le 6.
Dernier Quartier le 14.
Nouvelle Lune le 20.
Premier Quartier le 28.

Pleine Lune le 6.
Dernier Quartier le 13.
Nouvelle Lune le 20.
Premier Quartier le 28.

lundi	1	TOUSSAINT.	merc	1	s. Eloi, év.
mard	2	*Les Morts.*	jeudi	2	s. Franç. X.
merc	3	s. Marcel.	vend	3	s. Mirocle.
jeudi	4	s. Charles Borr.	same	4	s^{te} Barbe.
vend	5	s^{te} Bertile.	2 D.	5	s. Sabas.
same	6	s. Léonard.	lundi	6	s. Nicolas.
22 D.	7	s. Willebrod.	mard	7	s^{te} Fare, vierg.
lundi	8	s^{tes} Reliques.	merc	8	*La Conception*
mard	9	s. Mathurin.	jeudi	9	s^{te} Gorgonie.
merc	10	s. Léon, pape.	vend	10	s^{te} Valere.
jeudi	11	s. Martin, év.	same	11	s. Fuscien.
vend	12	s. René.	3 D.	12	s. Damase.
same	13	s. Brice, évêq.	lundi	13	s^{te} Luce.
23 D.	14	s. Maclou, év.	mard	14	s. Nicaise.
lundi	15	s. Eugene, m.	merc	15	*Quatre-Tems.*
mard	16	s. Edme.	jeudi	16	s^{te} Adelaide.
merc	17	s. Agnan, évê.	vend	17	s^{te} Olympiade.
jeudi	18	s^{te} Aude, vierg.	same	18	s. Gatien.
vend	19	s^{te} Elisabeth.	4 D.	19	s. Nemèse.
same	20	s. Edmont.	lundi	20	s^{te} Paulile.
24 D.	21	*Prés de N. D.*	mard	21	s. Thomas.
lundi	22	s^{te} Cécile.	merc	22	s. Ischirion.
mard	23	s. Clément.	jeudi	23	s^{te} Victoire.
merc	24	s. Séverin, sol.	vend	24	s. Yves. *Vig. J.*
jeudi	25	s^{te} Catherine.	same	25	NOEL.
vend	26	s^{te} Gen. des Ar.	D.	26	*s. Etienne.*
same	27	s. Vital.	lund	27	*s. Jean Evang*
1 D.	28	AVENT.	mard	28	ss. Innocens.
lundi	29	s. Saturnin.	merc	29	s. Th. de Can.
mard	30	s. Andre, ap.	jeudi	30	s^{te} Colombe.
			vend	31	s. Sylvestre.